BIBLIOTHEQUE

CHRÉTIENNE ET MORALE

approuvée

PAR Mgr L'ÉVÊQUE DE LIMOGES

in-8. 5ᵉ série.

Couverture supérieure manquante

COUVERTURE SUPERIEURE D'IMPRIMEUF

Original en couleur

NF Z 43-120-8

OUVERTURE INFERIEURE D'IMPRIMEUR.

Tout exemplaire qui ne sera pas revêtu de notre griffe sera réputé contrefait, et poursuivi conformément aux lois.

LE LÉPREUX

DE LA CITÉ D'AOSTE

Le lépreux.

LE
LÉPREUX

DE LA CITÉ D'AOSTE

PAR

XAVIER DE MAISTRE

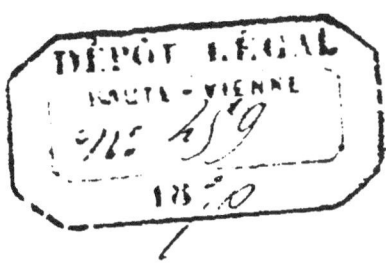

LIMOGES,
BARBOU FRÈRES, IMPRIMEURS-LIBRAIRES.

LE LEPREUX

DE

LA CITÉ D'AOSTE

La partie méridionale de la cité d'Aoste est presque déserte, et paraît n'avoir jamais été fort habitée. On y voit des champs labourés et des prairies terminées d'un même côté par des remparts antiques que

1.

les Romains élevèrent pour lui servir d'enceinte, et de l'autre par les murailles de quelques jardins. Cet emplacement solitaire peut cependant intéresser les voyageurs. Auprès de la porte de la ville, on voit les ruines d'un ancien château dans lequel, si l'on en croit la tradition populaire, le comte Réné de Chalans, poussé par les fureurs de la jalousie, laissa mourir de faim, dans le quinzième siècle, la princesse Marie de Bragance, son épouse : de là le nom de *Bramafak* (qui signifie *le Cri de la faim*), donné à ce château par les gens du pays. Cette anecdote, dont on pourrait contester l'authenticité, rend ces masures intéressantes pour les personnes sensibles qui la croient vraie.

Plus loin, à quelques centaines de pas, est une tour carrée, adossée au mur antique et construite avec le marbre dont il était déjà revêtu : on l'appelle la *Tour de la frayeur*, parce que le peuple l'a cruc longtemps habitée par des revenants. Les vieilles femmes de la cité d'Aoste se ressouviennent fort bien d'en avoir vu sortir , pendant les nuits sombres , une grande femme blanche, tenant une lampe à la main.

Il y a environ quinze ans que cette tour fut réparée par ordre du gouvernement et entourée d'une enceinte, pour y loger un lépreux et le séparer ainsi de la société, en lui procurant tous les agréments dont sa triste situation était susceptible. L'hô-

pital Saint-Maurice fut chargé de pour-
voir à sa subsistance, et on lui fournit
quelques meubles, ainsi que les instru-
ments nécessaires pour cultiver un jardin. C'est là qu'il vivait depuis longtemps,
livré à lui-même, ne voyant jamais personne, excepté le prêtre qui allait de
temps en temps lui porter les secours de
la religion, et l'homme qui chaque se-
maine lui apportait ses provisions de
l'hôpital. — Pendant la guerre des Alpes,
en l'année 1797, un militaire, se trou-
vant à la cité d'Aoste, passa un jour, par
hasard, auprès du jardin du lépreux,
dont la porte était entr'ouverte, et il eut
la curiosité d'y entrer. Il y trouva un
homme vêtu simplement, appuyé contre

un arbre et plongé dans une profonde méditation. Au bruit que fit l'officier en entrant, le solitaire, sans se retourner et regarder, s'écria d'une voix triste : « *Qui est là, et que me veut-on ?* — Excusez, un étranger, répondit le militaire, à qui l'aspect agréable de votre jardin a peut-être fait commettre une indiscrétion ? mais qui ne veut nullement vous troubler. — *N'avancez pas*, répondit l'habitant de la tour en lui faisant un signe de la main, *n'avancez pas ; vous êtes auprès d'un malheureux attaqué de la lèpre.* — Quelle que soit votre infortune, répliqua le voyageur, je ne m'éloignerai point ; je n'ai jamais fui les malheureux ;

cependant, si ma présence vous impor-
tune, je suis prêt à me retirer.

— *Soyez le bienvenu*, dit alors le
lépreux en se retournant tout à coup, *et
restez, si vous l'osez après m'avoir
regardé.* » Le militaire fut quelque
temps immobile d'épouvante et d'effroi à
l'aspect de cet infortuné que la lèpre avait
totalement défiguré. « Je resterai volontiers, dit-il, si vous agréez la visite d'un
homme que le hasard conduit ici, mais
qu'un vif intérêt y conduit.

LE LÉPREUX.

De l'intérêt !... Je n'ai jamais excité
que la pitié.

LE MILITAIRE.

Je me croirais heureux si je pouvais vous offrir quelque consolation.

LE LÉPREUX.

C'en est une grande pour moi de voir des hommes, d'entendre le son de la voix humaine, qui semble me fuir.

LE MILITAIRE.

Permettez-moi donc de converser quelques moments avec vous et de parcourir votre demeure.

LE LEPREUX.

Bien volontiers, si cela peut vous faire plaisir. (En disant ces mots, le lépreux se couvrit la tête d'un large feutre dont les bords rabattus lui cachaient le visage). Passez, ajouta-t-il, ici, au midi. Je cul-

tive un petit parterre de fleurs qui pour-
ront vous plaire ; vous en trouverez d'assez rares. Je me suis procuré les graines
de toutes celles qui croissent d'elles-mê-
mes sur les Alpes, et j'ai tâché de les
faire doubler et de les embellir par la
culture.

LE MILITAIRE.

En effet, voilà des fleurs dont l'aspec.
est tout à fait nouveau pour moi.

LE LÉPREUX.

Remarquez ce petit buisson de roses;
c'est le rosier sans épines, qui ne croit
que sur les hautes Alpes ; mais il perd
déjà cette propriété, et il pousse des
épines à mesure qu'on le cultive et qu'il
se multiplie.

LE MILITAIRE.

Il devrait être l'emblême de l'ingra-
titude.

LE LÉPREUX.

Si quelques-unes de ces fleurs vous
paraissent belles, vous pouvez les prendre
sans crainte, et vous ne courrez aucun
risque en les portant sur vous. Je les
ai semées, j'ai le plaisir de les arroser
et de les voir, mais je ne les touche jamais.

LE MILITAIRE.

Pourquoi donc?

LE LÉPREUX.

Je craindrais de les souiller, et je
n'oserais plus les offrir.

LE MILITAIRE.

A qui les destinez-vous ?

LE LÉPREUX.

Les personnes qui m'apportent des provisions de l'hôpital ne craignent pas de s'en faire des bouquets. Quelquefois aussi les enfants de la ville se présentent à la porte de mon jardin. Je monte aussitôt dans la tour, de peur de les effrayer ou de leur nuire. Je les vois folâtrer de ma fenêtre et me dérober quelques fleurs. Lorsqu'ils s'en vont, ils lèvent les yeux vers moi : « *Bonjour, Lépreux*, » me disent ils en riant, et cela me réjouit un peu.

LE MILITAIRE.

Vous avez su réunir si bien des plantes

différentes : voilà des vignes et des arbres fruitiers de plusieurs espèces.

LE LÉPREUX.

Les arbres sont encore jeunes : je les ai plantés moi-même, ainsi que cette vigne, que j'ai fait monter jusqu'au-dessus du mur antique que voilà, et dont la largeur me forme un petit promenoir ; c'est ma place favorite... Montez le long de ces pierres; c'est un escalier dont je suis l'architecte. Tenez-vous au mur.

LE MILITAIRE.

Le **charmant** réduit ! et comme il est bien fait pour les méditations d'un solitaire.

LE LÉPREUX.

Aussi je l'aime beaucoup ; je vois d'ici

la campagne et les laboureurs dans les
champs; je vois tout ce qui se passe
dans la prairie, et je ne suis vu de personne.

LE MILITAIRE.

J'admire combien cette retraite est
tranquille et solitaire. On est dans une
ville, et l'on croirait être dans un désert.

LE LÉPREUX.

La solitude n'est pas toujours au milieu
des forêts et des rochers. L'infortune est
seule partout.

LÉ MILITAIRE.

Quelle suite d'événemonts vous amena
dans cette retraite ? Ce pays est-il votre
patrie?

LE LÉPREUX.

Je suis né sur les bords de la mer, dans la principauté d'Oreille, et je n'habite ici que depuis quinze ans. Quant à mon histoire, elle n'est qu'une longue et uniforme calamité.

LE MILITAIRE.

Avez-vous toujours vécu seul?

LE LÉPREUX.

J'ai perdu mes parents dans mon enfance et je ne les connus jamais : une sœur qui me restait est morte depuis deux ans. Je n'ai jamais eu d'ami.

LE MILITAIRE.

Infortuné !

LE LÉPREUX.

Tels sont les desseins de Dieu.

LE MILITAIRE.

Quel est votre nom, je vous prie?

LE LÉPREUX.

Ah! mon nom est terrible! je m'appelle *le Lépreux*! On ignore dans le monde celui que je tiens de ma famille et celui que la religion m'a donné le jour de ma naissance. Je suis *le Lépreux*; voilà le seul titre que j'ai à la bienveillance des hommes. Puissent-ils ignorer éternellement qui je suis!

LE MILITAIRE.

Cette sœur que vous avez perdue vivait-elle avec vous?

LE LÉPREUX.

Elle a demeuré cinq ans avec moi dans cette même habitation où vous me voyez. Aussi malheureuse que moi, elle partageait mes peines, et je tâchais d'adoucir les siennes.

LE MILITAIRE.

Quelles peuvent être maintenant vos occupations, dans une solitude aussi profonde?

LE LÉPREUX.

Le détail des occupations d'un solitaire tel que moi ne pourrait être que bien monotone pour un homme du monde, qui trouve son bonheur dans l'activité de la vie sociale.

LE MILITAIRE.

Ah! vous connaissez peu ce monde, qui ne m'a jamais donné le bonheur. Je suis souvent solitaire par choix, et il y a peut-être plus d'analogie entre nos idées que vous ne le pensez ; cependant, je l'avoue, une solitude éternelle m'épouvante ; j'ai de la peine à la concevoir.

LE LÉPREUX.

Celui qui chérit sa cellule y trouvera la paix.

L'Imitation de Jésus-Christ nous l'apprend. Je commence à éprouver la vérité de ces paroles consolantes. Le sentiment de la solitude s'adoucit aussi par le travail. L'homme qui travaille n'est jamais complétement malheureux, et j'en suis la preuve. Pendant la belle saison, la culture de mon jardin et de mon parterre m'occupe suffisamment : pendant l'hiver, je fais des corbeilles et des nattes ; je travaille à me faire des habits ; je prépare chaque jour moi-même ma nourriture avec les provisions qu'on m'apporte de l'hôpital, et la prière remplit les heures que le travail me laisse. Enfin l'année s'écoule, et, lorsqu'elle est passée, elle me paraît encore avoir été bien courte.

LE MILITAIRE.

Elle devrait vous paraître un siècle

LE LÉPREUX.

Les maux et les chagrins font paraître les heures longues ; mais les années s'envolent toujours avec la même rapidité. Il est d'ailleurs encore, au dernier terme de l'infortune, une jouissance que

le commun des hommes ne peut connaî-
tre, et qui vous paraîtra bien singulière,
c'est celle d'exister et de respirer. Je
passe des journées entières de la belle
saison, immobile sur ce rempart, à jouir
de l'air et de la beauté de la nature :
toutes mes idées alors sont vagues, in-
décises : la tristesse repose dans mon
cœur sans l'accabler; mes regards errent
sur cette campagne et sur les rochers qui
nous environnent; ces différents aspects
sont tellement empreints dans ma mémoire, qu'ils font, pour ainsi dire, partie de moi-même, et chaque site est un
ami que je vois avec plaisir tous les
jours.

LE MILITAIRE.

J'ai souvent éprouvé quelque chose de semblable. Lorsque le chagrin s'appesantit sur moi, et que je ne trouve pas dans le cœur des hommes ce que le mien désire, l'aspect de la nature et des choses inanimées me console ; je m'affectionne aux rochers et aux arbres, et il me semble que tous les êtres de la création sont des amis que Dieu m'a donnés.

LE LÉPREUX.

Vous m'encouragez à vous expliquer à mon tour ce qui se passe en moi. J'aime véritablement les objets qui sont, pour ainsi dire, mes compagnons de vie, et que je vois chaque jour : aussi, tous les soirs, avant de me retirer dans la tour, je viens saluer les glaciers de Ruitorts, les bois sombres du mont Saint-Bernard, et les pointes bizarres qui dominent la vallée de Rhême. Quoique la puissance de Dieu soit aussi visible dans la création d'une fourmie que dans celle de l'univers entier, le grand spectacle des montagnes en impose cependant davantage à mes sens : je ne puis voir ces masses énormes recouvertes de glaces éternelles, sans éprouver un étonnement religieux; mais, dans ce vaste tableau qui m'entoure, j'ai des sites favoris et que j'aime de pré-férence ; de ce nombre est l'ermitage que vous voyez là-haut sur la sommité de la montagne de Charvensol. Isolé au milieu des bois, auprès d'un champ désert, il reçoit les derniers rayons du soleil couchant. Quoique je n'y aie jamais été, j'éprouve un plaisir singulier à le voir. Lorsque le jour tombe, assis dans mon jardin, je fixe mes regards sur cet ermitage solitaire, et mon imagination s'y repose. Il est devenu pour moi une espèce de propriété; il me semble qu'une réminiscence confuse m'apprend que j'ai vécu là jadis dans des temps plus heureux, et dont la mémoire s'est effacée en moi. J'aime surtout à contempler les montagnes éloignées qui se confondent avec le ciel dans l'horizon. Ainsi que l'avenir, l'éloignement fait naître en moi le sentiment de l'espérance, mon cœur opprimé croit qu'il existe peut-être une terre bien éloignée, où, à une époque de l'avenir, je pourrai goûter enfin ce bonheur pour lequel je soupire, et qu'un instinct secret me présente sans cesse comme possible.

LE MILITAIRE.

Avec une âme ardente comme la vôtre, il vous a fallu sans doute bien des efforts pour vous résigner à votre destinée, et pour ne pas vous abandonner au désespoir.

LE LÉPREUX.

Je vous tromperais en vous laissant croire que je suis toujours résigné à mon sort ; je n'ai point atteint cette abnégation de soi-même où quelques anachorètes sont parvenus. Ce sacrifice complet de toutes les affections humaines n'est point

encore accompli ; ma vie se passe en com-
bats continuels, et les secours puissants
de la religion elle-même ne sont pas toujours capables de réprimer les élans de
mon imagination. Elle m'entraîne souvent
malgré moi dans un océan de désirs chi-
mériques, qui tous me ramènent vers ce
monde dont je n'ai aucune idée, et dont
l'image fantastique est toujours présente
pour me tourmenter.

LE MILITAIRE.

Si je pouvais vous faire lire dans mon
âme, et vous donner du monde l'idée que
j'en ai, tous vos désirs et vos regrets s'é-
vanouiraient à l'instant.

LE LÉPREUX.

En vain quelques livres m'ont instruit

de la perversité des hommes et des malheurs inséparables de l'humanité ; mon cœur se refuse à les croire. Je me représente toujours des sociétés d'amis sincères et vertueux ; des époux assortis, que la santé, la jeunesse et la fortune rénnies comblent de bonheur. Je crois les voir errants ensemble dans des bocages plus verts et plus frais que ceux qui me prêtent leur ombre, éclairés par un soleil plus brillant que celui qui m'éclaire, et leur sort me semble plus digne d'envie, à mesure que le mien est plus misérable. Au commencement du printemps, lorsque le vent du Piémont souffle dans notre vallée, je me sens pénétré par sa chaleur vivifiante, et je tressaille malgré moi.

J'éprouve un désir inexplicable et le sentiment confus d'une félicité immense dont je pourrais jouir et qui m'est refusée. Alors je fuis de ma cellule, j'erre dans la campagne pour respirer plus librement. J'évite d'être vu par ces mêmes hommes que mon cœur brûle de rencontrer ; et du haut de la colline, caché entre les broussailles comme une bête fauve, mes regards se portent sur la ville d'Aoste. Je vois de loin, avec des yeux d'envie, ses heureux habitants qui me connaissent à peine ; je leur tends les mains en gémissant, et je leur demande ma portion de bonheur. Dans mon transport, vous l'avouerai-je ? j'ai quelquefois serré dans mes bras les arbres de la forêt, en priant Dieu de les animer pour moi, et de me donner un ami ! Mais les arbres sont muets ; leur froide écorce me repousse ; elle n'a rien de commun avec mon cœur, qui palpite et qui brûle. Accablé de fatigue, las de la vie, je me traîne de nouveau dans ma retraite, j'expose à Dieu mes tourments, et la prière ramène un peu de calme dans mon âme.

LE MILITAIRE.

Ainsi, pauvre malheureux, vous souffrez à la fois tous les maux de l'âme et du corps?

LE LÉPREUX.

Ces derniers ne sont pas les plus cruels !

LE MILITAIRE.

Ils vous laissent donc quelquefois du râchel ?

LE LÉPREUX.

Tous les mois ils augmentent et diminuent avec le cours de la lune. Lorsqu'elle commence à se montrer, je souffre ordinairement davantage ; la maladie diminue ensuite, et semble changer de nature : ma peau se dessèche et blanchit, et je ne sens presque plus mon mal ; mais il serait toujours supportable sans les nsomnies qu'il me cause.

LE MILITAIRE.

Quoi ! le sommeil même vous abandonne !

LE LÉPREUX.

Ah ! monsieur, les inson nies ! les insomnies ! Vous ne pouvez vous figurer
combien est longue et triste une nuit qu'un
malheureux passe tout entière sans fermer l'œil, l'esprit fixé sur une situation
affreuse et sur un avenir sans espoir.
Non ! personne ne le peut comprendre.
Mes inquiétudes augmentent à mesure
que la nuit s'avance ; et lorsqu'elle est
près de finir, mon agitation est telle que
je ne sais plus que devenir ; mes pensées
se brouillent ; j'éprouve un sentiment
extraordinaire que je ne trouve jamais en
moi que dans ces tristes moments. Tantôt il me semble qu'une force irrésistible

m'entraîne dans un gouffre sans fond ;
tantôt je vois des taches noires devant mes
yeux ; mais pendant que je les examine,
elles se croisent avec la rapidité de l'é-
clair, elles grossissent en s'approchant de
moi, et bientôt ce sont des montagnes qui
m'accablent de leur poids. D'autres fois
aussi je vois des nuages sortir de la terre
autour de moi, comme des flots qui s'en-
flent, qui s'amoncellent et menacent de
m'engloutir; et lorsque je veux me lever
pour me distraire de ces idées, je me sens
comme retenu par des liens invisibles qui
m'ôtent les forces. Vous croirez peut-
être que ce sont des songes; mais non,
je suis bien éveillé. Je revois sans cesse
les mêmes objets, et c'est une sensation

d'horreur qui surpasse tous mes autres maux.

LE MILITAIRE.

Il est possible que vous ayez la fièvre pendant ces cruelles insomnies, et c'est elle sans doute qui vous cause cette espèce de délire.

LE LÉPREUX.

Vous croyez que cela peut venir de la fière? Ah ! je voudrais bien que vous dissiez vrai. J'avais craint jusqu'à présent que ces visions ne fussent un symptôme de folie, et je vous avoue que cela m'inquiétait beaucoup. Plût à Dieu que ce fût en effet la fièvre !

LE MILITAIBE.

Vous m'intéressez vivemen! J'avoue

que je ne me serais jamais fait l'idée
d'une situation semblable à la vôtre. Je
pense cependant qu'elle devait être moins
triste lorsque votre sœur vivait.

LE LÉPREUX.

Dieu sait lui seul ce que j'ai perdu par
la mort de ma sœur. — Mais ne craignez
vous point de vous trouver si près de moi?
Asseyez-vous ici, sur cette pierre ; je me
placerai derrière le feuillage, et nous con-
verserons sans nous voir.

LE MILITAIRE.

Pourquoi donc ? Non , vous ne me
quitterez point; placez-vous près de moi.
(En disant ces mots, le voyageur fit un
mouvement involontaire pour saisir la

main du Lépreux, qui la retira avec vi-
vacité).

LE LÉPREUX.

Imprudent ! vous alliez saisir ma main !

LE MILITAIRE.

Eh bien, je l'aurais serrée de bon
cœur.

LE LÉPREUX.

Ce serait la première fois que ce bonheur m'aurait été accordé : ma main n'a
jamais été serrée par personne.

LE MILITAIRE.

Quoi donc ! hormis cette sœur dont
vous m'avez parlé, vous n'avez jamais eu
de liaison, vous n'avez jamais été chéri
par aucun de vos semblables ?

LE LÉPREUX.

Heureusement pour l'humanité, je n ai plus de semblables sur la terre.

LE MILITAIRE.

Vous me faites frémir !

LE LÉPREUX.

Pardonnez, compatissant étranger ! vous savez que les malheureux aiment à parler de leurs infortunes.

LE MILITAIRE.

Parlez, parlez, homme intéressant ! Vous m'avez dit qu'une sœur vivait jadis avec vous, et vous aidait à supporter vos souffrances.

LE LÉPREUX:

C'était le seul lien par lequel je tenais encore au reste des hommes ! Il plut à

Dieu de le rompre et de me laisser isolé
et seul au milieu du monde. Son âme était
digne du ciel qui la possède, et son exem-
ple me soutenait contre le découragement
qui m'accable souvent depuis sa mort.
Nous ne vivions cependant pas dans cette
intimité délicieuse dont je me fais une
idée, et qui devrait unir des amis malheureux. Le genre de nos maux nous pri-
vait de cette consolation. Lors même que
nous nous rapprochions pour prier Dieu,
nous évitions réciproquement de nous regarder, de peur que le spectacle de nos
maux ne troublât nos méditations, et nos
regards n'osaient plus se réunir que dans
le ciel. Après nos prières, ma sœur se
retirait ordinairement dans sa cellule ou

sous les noisetiers qui terminent le jardin, et nous vivions presque toujours sé-
parés.

LE MILITAIRE.

Mais pourquoi vous imposer cette dure
contrainte ?

LE LÉPREUX.

Lorsque ma sœur fut attaquée par la
maladie contagieuse dont toute ma famille a été la victime, et qu'elle vint par-
tager ma retraite, nous ne nous étions
jamais vus : son effroi fut extrême en
m'apercevant pour la première fois. La
crainte de l'affliger, la crainte plus grande
encore d'augmenter son mal en l'approchant, m'avait forcé d'adopter ce triste
genre de vie. La lèpre n'avait attaqué que

sa poitrine, et je conservais encore quelque espoir de la voir guérir. Vous voyez
ce reste de treillage que j'ai négligé; c'était
alors une haie de houblon que j'entrete-
nais avec soin et qui partageait le jardin
en deux parties. J'avais ménagé de chaque côté un petit sentier, le long duquel
nous pouvions nous promener et converser ensemble sans nous voir et sans trop
nous approcher.

LE MILITAIRE.

On dirait que le ciel se plaisait à em-
poisonner les tristes jouissances qu'il vous
laissait.

LE LÉPREUX.

Mais du moins je n'étais pas le seul
alors ; la présence de ma sœur rendait

cette retraite vivante. J'entendais le bruit
de ses pas dans ma solitude. Quand je
revenais, à l'aube du jour, prier Dieu
sous ces arbres, la porte de la tour s'ou-
vrait doucement, et la voix de ma sœur
se mêlait insensiblement à la mienne. Le
soir, lorsque j'arrosais mon jardin, elle
se promenait quelquefois au soleil couchant, ici, au même endroit où je vous
parle, et je voyais son ombre passer et
repasser sur mes fleurs. Lors même que
je ne la voyais pas, je trouvais partout
des traces de sa présence. Maintenant il
ne m'arrive plus de rencontrer sur mon
chemin une fleur effeuillée, ou quelques
branches d'arbrisseau qu'elle y laissait
tomber en passant ; je suis seul : il n'y

a plus ni mouvement ni vie autour de moi, et le sentier qui conduisait à son bosquet favori disparaît déjà sous l'herbe. Sans paraître s'occuper de moi, elle veillait sans cesse à ce qui pouvait me faire plaisir. Lorsque je rentrais dans ma chambre, j'étais quelquefois surpris d'y trouver des vases de fleurs nouvelles, ou quelque beau fruit qu'elle avait soigné elle-même. Je n'osais pas lui rendre les mêmes services, et je l'avais même priée de ne jamais entrer dans ma chambre ; mais qui peut mettre des bornes à l'affection d'une sœur ! Un seul trait pourra vous donner une idée de sa tendresse pour moi. Je marchais une nuit à grands pas dans ma cellule, tourmenté de douleurs affreuses. Au milieu de la nuit, m'étant assis un instant pour me reposer, j'entendis un bruit léger à l'entrée de ma chambre. J'approche, je prête l'oreille, jugez de mon étonnement ! c'était ma sœur qui priait Dieu en dehors, sur le seuil de ma porte. Elle avait entendu mes plaintes. Sa tendresse lui avait fait craindre de me troubler; mais elle venait pour être à portée de me secourir au besoin. Je l'entendis qui récitait à voix basse le *Miserere*. Je me mis à genoux près de la porte, et, sans l'interrompre, je suivis mentalement ses paroles. Mes yeux étaient pleins de larmes : qui n'eût été touché d'une telle affection? Lorsque je crus que sa prière était terminée : « Adieu, ma sœur, lui dis-je à voix basse, adieu, retire-toi, je me sens un peu mieux ; que Dieu te bénisse et te récompense de ta piété ! » Elle se retira en silence, et sans doute sa prière fut exaucée, car je dormis enfin quelques heures d'un sommeil tranquille.

LE MILITAIRE.

Combien ont dû vous paraître tristes les premiers jours qui suivirent la mort le cette sœur chérie !

LE LEPREUX.

Je fus longtemps dans une espèce de stupeur qui m'ôtait la facilité de sentir toute l'étendue de mon infortune : lorsque enfin je revins à moi, et que je fus à même de juger de ma situation, ma raison fut prête à m'abandonner. Cette époque sera toujours doublement triste pour moi, elle me rappelle le plus grand de mes malheurs, et le crime qui faillit en être la suite.

LE MILITAIRE.

Un crime! je ne puis vous en croire capable.

LE LÉPREUX.

Ce n'est que trop vrai, et en vous racontant cette époque de ma vie, je sens trop que je perdrai beaucoup dans votre estime ; mais je ne veux pas me peindre meilleur que je ne suis, et vous me plain-drez peut-être en me condamnant. Déjà, dans quelques accès de mélancolie, l'idée de quitter cette vie volontairement s'était présentée à moi : cependant la crainte de Dieu me l'avait toujours fait repousser, lorsque la circonstance la plus simple et la moins faite en apparence pour me troubler pensa me perdre pour l'éternité. Je venais d'éprouver un nouveau chagrin. Depuis quelques années un petit chien s'était donné à nous : ma sœur l'avait aimé, et je vous avoue que depuis qu'elle n'existait plus, ce pauvre animal était une véritable consolation pour moi.

Nous devions sans doute à sa laideur le choix qu'il avait fait de notre demeure pour son refuge. Il avait été rebuté par tout le monde ; mais il était encore un trésor pour la maison du Lépreux. En reconnaissance de la faveur que Dieu nous avait accordée en nous donnant cet ami, ma sœur l'avait appelé *Miracle*; et son nom, qui contrastait avec sa laideur, ainsi que sa gaieté continuelle, nous avait souvent distraits de nos chagrins. Malgré le soin que j'en avais, il s'échappait quelquefois, et je n'avais jamais pensé que cela pût être nuisible à personne. Cependant quelques habitants de la ville s'en alarmèrent, et crurent qu'il pouvait porter parmi eux le germe de sa maladie ; ils se déterminèrent à porter des plaintes au commandant, qui ordonna que mon chien fût tué sur le-champ. Des soldats, accompagnés de quelques habitants, vinrent aussitôt chez moi pour exécuter cet ordre cruel. Ils lui passèrent une corde au cou en ma présence, et l'entrainerent. Lorsqu'il fût à la porte du jardin, je ne pus m'empêcher de le regarder encore une fois: je le vis tourner les yeux vers moi pour me demander un secours que je ne pouvais lui donner. On voulait le noyer dans la Doire; mais la populace qui l'attendait en dehors l'assomma à coups de pierres. J'entendis ses cris, et je rentrai dans ma tour plus mort que vif; mes genoux tremblants ne pouvaient me soutenir : je me jetai sur mon lit dans un état impossible à décrire. Ma douleur ne me permit de voir, dans cet ordre juste mais sévère, qu'une barbarie aussi atroce qu'inutile ; et quoique j'aie honte aujourd'hui du sentiment qui m'animait alors , je ne puis encore y penser de sang froid. Je passai toute la journée dans la plus grande agitation. C'était le dernier être vivant qu'on venait d'arracher d'auprès de moi, et ce nouveau coup avait rouvert toutes les plaies de mon cœur.

Telle était ma situation, lorsque le même jour, vers le coucher du soleil, je vins m'asseoir ici, sur cette pierre où vous êtes assis maintenant. J'y réfléchissais depuis quelque temps sur mon triste sort, lorsque là-bas, vers ces deux bouleaux qui terminent la haie, je vis paraître deux jeunes époux qui venaient de s'unir depuis peu ; ils s'avancèrent le long du sentier, à travers la prairie, et passèrent près de moi. La délicieuse tranquillité

qu'inspire un bonheur certain était em-
preinte sur leurs belles physionomies, ils
marchaient lentement, leurs bras étaient
entrelacés. Tout à coup je les vis s'arrê
ter : la jeune femme pencha la tête sur le
sein de son époux, qui la serra dans ses
bras avec transport. Je sentis mon cœur
se serrer. Vous l'avouerai-je? l'envie se
glissa pour la première fois dans mon
cœur : jamais l'image du bonheur ne s'é-
tait présenté à moi avec tant de force. Je
les suivis des yeux jusqu'au bout de la
prairie, et j'allais les perdre de vue dans
les arbres, lorsque des cris d'allégresse
vinrent frapper mon oreille : c'étaient
leurs familles réunies qui venaient à leur
rencontre. Des vieillards, des femmes,

des enfants les entouraient ; j'entendis le murmure confus de la joie ; je voyais entre les arbres les couleurs brillantes de leurs vêtements, et ce groupe entier semblait environné d'un nuage de bonheur. Je ne pus supporter ce spectacle ; les tourments de l'enfer étaient entrés dans mon cœur : je détournai mes regards, et je me précipitai dans ma cellule. Dieu ! qu'elle me parut déserte, sombre, effroyable ! « C'est donc ici, me dis-je, que ma demeure est fixée pour toujours ; c'est donc ici où, traînant une vie déplorable, j'attendrai la fin tardive de mes jours ! l'Eternel a répandu le bonheur, il l'a répandu à torrents sur tout ce qui respire ; et moi, moi seul ! sans aide, sans

amis, sans compagne.... Quelle affreuse
destinée ! »

Plein de ces tristes pensées, j'oubliai
qu'il est un être consolateur, je m'oubliai
moi-même. « Pourquoi, me disais-je, la
lumière me fut-elle accordée? Pourquoi
la nature n'est-elle injuste et marâtre que
pour moi? semblable à l'enfant déshérité,
j'ai sous les yeux le riche patrimoine de
la famille humaine, et le ciel avare m'en
refuse ma part. « Non, non, m'écriai je
enfin dans un accès de rage, il n'est pas
de bonheur pour toi sur la terre; meurs,
infortuné, meurs! Assez longtemps tu
as souillé la terre par ta présence; puis-
se-t-elle t'engloutir vivant et ne laisser
aucune trace de ton odieuse existence! »

Ma fureur insensée s'augmentant par de-grés, le désir de me détruire s'empara de moi et fixa toutes mes pensées. Je conçus enfin la résolution d'incendier ma retraite, et de m'y laisser consumer avec tout ce qui aurait pu laisser quelque sou-venir de moi. Agité, furieux, je sortis dans la campagne ; j'errai quelque temps dans l'ombre autour de mon habitation : des hurlements involontaires sortaient de ma poitrine oppressée, et m'effrayaient moi-même dans le silence de la nuit. Je rentrai plein de rage dans ma demeure, en criant : « Malheur à toi, Lépreux ! malheur à toi! » Et comme si tout avait dû contribuer à ma perte, j'entendis l'é-cho qui, du milieu des ruines du château

de Bramatan, répéta distinctement :
« Malheur à toi ! » Je m'arrêtai, saisi
d'horreur, sur la porte de la tour, et
l'écho faible de la montagne répéta longtemps après : « Malheur à toi ! »

Je pris une lampe, et, résolu de mettre le feu à mon habitation, je descendis
dans la chambre la plus basse, emportant
avec moi des sarments et des branches
sèches. C'était la chambre qu'avait habitée ma sœur, et je n'y étais plus ren-
tré depuis sa mort : son fauteuil était
encore placé comme lorsque je l'en avais
retirée pour la dernière fois ; je sentis un
frisson de crainte en voyant son voile et
quelques parties de ses vêtements épars
. . . chambre : les dernières paroles

qu'elle avait prononcées avant d'en sortir se retracèrent à ma pensée. « Je ne t'abandonnerai pas en mourant, me disait-elle ; souviens-toi que je serai présente dans tes angoisses. » En posant la lampe sur la table, j'aperçus le cordon de la croix qu'elle portait à son cou, et qu'elle avait placée elle-même entre deux feuillets de sa Bible. A cet aspect, je reculai plein d'un saint effroi. La profondeur de l'abîme où j'allais me précipiter se présenta tout à coup à mes yeux dessillés ; je m'approchai en tremblant du livre sacré : «Voilà, voilà, m'écriai-je, le secours qu'elle m'a promis ! » Et comme je retirais la croix du livre, j'y trouvai un écrit cacheté, que ma bonne sœur y avait laissé pour moi.

Mes larmes, retenues jusqu'alors par la douleur, s'échappèrent en torrents : tous mes funestes projets s'évanouirent à l'instant. Je pressai longtemps cette lettre précieuse sur mon cœur avant de pouvoir la lire ; et, me jetant à genoux pour implorer la miséricorde divine, je l'ouvris, et j'y lus en sanglotant ces paroles qui seront éternellement gravées dans mon cœur : « *Mon frère, je vais bientôt te quitter : mais je ne t'abandonnerai pas. Du ciel, où j'espère aller, je veillerai sur toi ; je prierai Dieu qu'il te donne le courage de supporter la vie avec résignation, jusqu'à ce qu'il lui plaise de nous réunir dans un autre monde : alors je pourrai te montrer toute mon affection : rien ne m'empêchera plus de l'approcher, et rien ne pourra nous séparer. Je te laisse la petite croix que j'ai portée toute ma vie ; elle m'a souvent consolée dans mes peines, et mes larmes n'eurent jamais d'autres témoins qu'elle. Rappelle-toi, lorsque tu la verras, que mon dernier vœu fut que tu pusses vivre ou mourir en bon chrétien.* » Lettre chérie ! elle ne me quittera jamais : je l'emporterai avec moi dans la tombe, c'est elle qui m'ouvrira les portes du ciel, que mon crime me devait fermer à jamais. En achevant de lire, je me sentis défaillir, épuisé par tout ce que ja venais d'éprouver. Je vis un nuage se répandre ur ma vie, et pendant quelques

temps je perdis à la fois le souvenir de
mes maux et le sentiment de mon existence. Lorsque je revins à moi, la nuit
était avancée. A mesure que mes idées
s'éclaircissaient, j'éprouvais un sentiment
de paix indéfinissable. Tout ce qui s'était
passé dans la soirée me paraissait un rêve.
Mon premier mouvement fut de lever les
yeux vers le ciel pour le remercier de
m'avoir préservé du plus grand des malheurs. Jamais le firmament ne m'avait
paru si serein et si beau : une étoile bril-
lait devant ma fenêtre ; je le contemplai
longtemps avec un plaisir inexprimable,
en remerciant Dieu de ce qu'il m'accor-
dait encore le plaisir de la voir, et j'éprouvais une secrète consolation à penser

qu'un de ses rayons était destiné pour la triste cellule du Lépreux.

Je remontai chez moi plus tranquille. J'employai le reste de la nuit à lire le livre de Job, et le saint enthousiasme qu'il fit passer dans mon âme finit par dissiper entièrement les noires idées qui m'avaient obsédé. Je n'avais jamais éprouvé de ces moments affreux lorsque ma sœur vivait; il me suffisait de la savoir près de moi pour être plus calme, et la seule pensée de l'affection qu'elle avait pour moi, suffisait pour me consoler et me donner du courage.

Compatissant étranger! Dieu vous préserve d'être jamais obligé de vivre seul! Ma sœur, ma compagne n'est plus, mais le ciel m'accordera la force de supporter courageusement la vie ; il me l'accordera, je l'espère, car je prie dans la sincérité de mon cœur.

LE MILITAIRE.

Quel âge avait votre sœur lorsque vous la perdîtes ?

LE LÉPREUX.

Elle avait à peine vingt-cinq ans ; mais ses souffrances la faisaient paraître plus âgée. Malgré la maladie qui l'a enlevée, et qui avait altéré ses traits, elle eût été belle encore sans une pâleur effrayante qui la déparait : c'était l'image de la mort vivante, et je ne pouvais la voir sous gémir.

LE MILITAIRE.

Vous l'avez perdue bien jeune.

LE LÉPREUX.

Sa complexion faible et délicate ne pouvait résister à tant de maux réunis : depuis quelque temps je m'apercevais que sa perte était inévitable, et tel était son triste sort, que j'étais forcé de la désirer. En la voyant languir et se détruire chaque jour, j'observais avec une joie funeste s'approcher la fin de ses souffrances. Déjà depuis un mois sa faiblesse était augmentée; de fréquents évanouissements menaçaient sa vie d'heure en heure. Un soir, (c'était vers le commencement d'août) je la vis si abattue, que je ne voulus pas la quitter : elle était dans son fauteuil, ne pouvant plus supporter le lit depuis quelques jours. Je m'assis moi-même auprès d'elle, et, dans l'obscurité la plus profonde, nous eûmes ensemble notre dernier entretien. Mes larmes ne pouvaient se tarir ; un cruel pressentiment m'agitait. « Pourquoi pleures-tu ? me disait-elle, pourquoi t'affliger ainsi ? je ne te quitterai pas en mourant, et je te serai présente dans tes angoisses. »

Quelques instants après, elle me témoigna le désir d'être transportée hors de la tour, et de faire ses prières dans son bosquet de noisetiers : c'est là qu'elle passait la plus grande partie de la belle saison. « Je veux, disait-elle, mourir en

regardant le ciel. » Je ne croyais pas cependant son heure si proche. Je la pris
dans mes bras pour l'enlever. « Soutiens-
moi seulement, me disait elle ; j'aurai
peut être encore la force de marcher. »
Je la conduisis lentement jusque dans les
noisetiers ; je lui formai un coussin avec
des feuilles sèches qu'elle y avait rassem-
blées elle-même, et, l'ayant couverte d'un
voile, afin de la préserver de l'humidité
de la nuit, je me plaçai auprès d'elle ; mais
elle désira être seule dans sa dernière méditation : je méloignai sans la perdre de
vue. Je voyais son voile s'élever de temps
en temps, et ses mains blanches se diri-
ger vers le ciel. Comme je me rapprochais
du bosquet, elle me demanda de l'eau ;

j'en apportai dans sa coupe ; elle y trempa ses lèvres, mais elle ne put boire. « Je sens ma fin, me dit-elle, en détournant la tête ; ma soif sera bientôt étanchée pour toujours. Soutiens-moi, mon frère ; aide ta sœur à franchir ce passage désiré, mais terrible. Soutiens-moi, récite les prières des agonisants. » Ce furent les dernières paroles qu'elle m'adressa, J'appuyai sa tête contre mon sein ; je récitai les prières des agonisants : Passe à l'éternité ! lui disais-je, ma chère sœur ; délivre-toi de la vie ; laisse cette dépouille dans mes bras ! » Pendant trois heures ie la soutins dans la dernière lutte de la nature ; elle s'éteignit enfin doucement, et son âme se détacha sans effort de la terre.

Le Lépreux , à la fin de ce récit, couvrit son visage de ses mains ; la douleur ôtait la voix au voyageur. Après un instant de silence, le Lépreux se leva : « *Étranger* , dit-il, *lorsque le chagrin ou le découragement s'approcheront de vous, pensez au solitaire de la cité d'Aoste ; vous ne lui aurez pas fait une visite inutile.* »

Ils s'acheminèrent ensemble vers la porte du jardin. Lorsque le militaire fut au moment de sortir, il mit son gant à la main droite : « Vous n'avez jamais serré la main de personne, dit-il au Lépreux ; accordez-moi la faveur de serrer la mienne : c'est celle d'un ami qui s'intéresse vivement à votre sort. Le Lépreux recula de quelques pas avec une sorte d'effroi, et levant les yeux et les mains au ciel : « *Dieu de bonté*, s'écria-t-il, *comble de tes bénédictions cet homme compatissant!* »

« Accordez-moi encore une autre grâce, reprit le voyageur. Je vais partir ; nous ne nous reverrons peut-être pas de bien longtemps : ne pourrions-nous pas, avec les précautions nécessaires, nous écrire quelquefois? Une semblable relation pourrait vous distraire, et me ferait un grand plaisir à moi-même. » Le Lépreux réfléchit quelque temps. « *Pourquoi*, dit-il enfin, *chercherais-je à me faire illusion? Je ne dois avoir d'autre société que moi-même, d'autre ami que Dieu;*

*nous nous reverrons en lui. Adieu,
généreux étranger, soyez heureux...
Adieu, pour jamais!* » Le voyageu
sortit. Le Lépreux ferma la porte et en
poussa les verrous.

Lhnoges. — Imprimerie de Barbou frères.

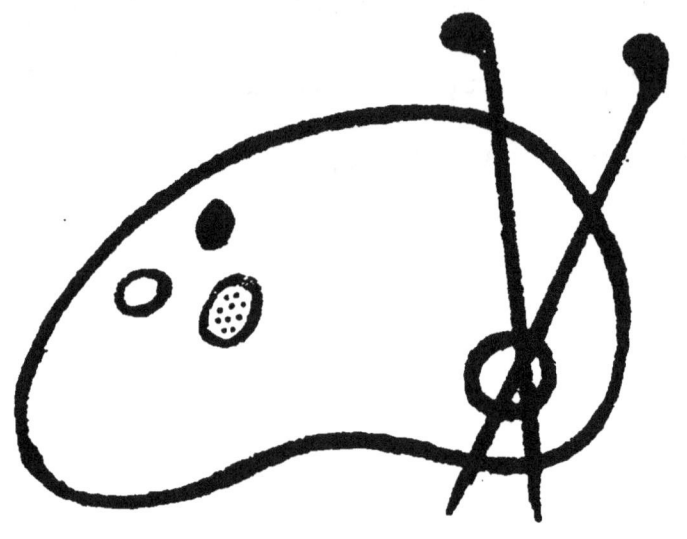

Original en couleur

NF Z 43-120-8

www.ingramcontent.com/pod-product-compliance
Lightning Source LLC
Chambersburg PA
CBHW071248210626
46818CB00013B/617